12 avril 1876

CATALOGUE

D'UNE COLLECTION

D'ANTIQUITÉS GRECQUES

RECUEILLIES

DANS L'ATTIQUE ET DANS L'ASIE MINEURE

RÉDIGÉ PAR M. FR. L. François Lenormant

MÉDAILLES DE LA RENAISSANCE

FRANÇAISES ET ITALIENNES

DONT LA VENTE AURA LIEU

A L'HOTEL DES COMMISSAIRES-PRISEURS, 5, RUE DROUOT

Salle n° 6, au premier étage

Le Mercredi 12 Avril 1876

Me **DELESTRE**, Commissaire-Priseur, 23, rue Drouot

M. **HOFFMANN**, Expert, 33, **QUAI VOLTAIRE**

CHEZ LESQUELS SE DISTRIBUE LE CATALOGUE

EXPOSITION PARTICULIÈRE : Le Mardi 11 Avril 1876

DE DEUX HEURES A CINQ HEURES

Le présent Catalogue servira de carte d'entrée

EXPOSITION PUBLIQUE : Le jour de la Vente, de midi à deux heures

1876

CATALOGUE

D'UNE COLLECTION

D'ANTIQUITÉS GRECQUES

RECUEILLIES

DANS L'ATTIQUE ET DANS L'ASIE MINEURE

RÉDIGÉ PAR M. FR. L.

MÉDAILLES DE LA RENAISSANCE

FRANÇAISES ET ITALIENNES

DONT LA VENTE AURA LIEU

A L'HOTEL DES COMMISSAIRES-PRISEURS, 5, RUE DROUOT

Salle n° 6, au premier étage

Le Mercredi 12 Avril 1876

Me **DELESTRE**, Commissaire-Priseur, 23, rue Drouot

M. **HOFFMANN**, Expert, 33, **QUAI VOLTAIRE**

CHEZ LESQUELS SE DISTRIBUE LE CATALOGUE

EXPOSITION PARTICULIÈRE : Le Mardi 11 Avril 1876

DE DEUX HEURES A CINQ HEURES

Le présent Catalogue servira de carte d'entrée

EXPOSITION PUBLIQUE : Le jour de la Vente, de midi à deux heures

1876

CONDITIONS DE LA VENTE.

La vente sera faite au comptant.

Les acquéreurs paieront cinq pour cent en sus des enchères.

L'Expert réunira ou divisera les lots à son gré.

Paris.—Typ. PILLET fils aîné, 5, rue des Grands-Augustins.

La collection dont nous donnons le catalogue est peu nombreuse, mais remarquable par le choix exquis des pièces qui la composent. Formée par un des amateurs dont l'expérience est la plus sûre, et le goût à la fois le plus délicat et le plus exercé, elle se compose presque exclusivement d'objets recueillis par lui-même dans ses voyages en Grèce et en Asie Mineure. Les provenances ont donc ici une certitude qui leur manque trop généralement.

Ce sont les terres cuites qui tiennent la première place dans cette collection. Pour la première fois on verra figurer dans une vente publique une série de ces délicieuses figurines de Tanagra, si justement recherchées et prisées des amateurs depuis qu'elles ont commencé à faire leur apparition en Europe. Les autres classes de terres cuites de la Grèce sont aussi représentées d'une manière remarquable dans la collection, et nous attirons spécialement l'attention sur les grandes statuettes de Mégare, si importantes par leurs sujets mythologiques. Nous avons pensé donner un intérêt particulier au Catalogue en classant les terres cuites par fabriques et par provenances.

Il y a aussi, dans la série des bronzes, quelques pièces grecques de la plus haute valeur comme art et d'un sérieux mérite archéologique, sur lesquelles nous croyons devoir appeler aussi l'attention des collecteurs.

La même observation s'applique aux médailles artistiques.

TERRES CUITES

TANAGRA.

1. Femme debout, les deux bras enveloppés dans son manteau, laissant pendre en bas une guirlande de fleurs qu'elle tient de sa main gauche; la tête, légèrement penchée sur l'épaule droite, a les cheveux enveloppés d'un mouchoir formant cécryphale. Traces de peinture blanche.

Haut., 19 cent.

2. Femme debout, le bras droit couvert par le manteau qu'elle porte sur sa tunique talaire, le bras gauche dégagé et nu, tenant l'éventail en feuille de colocase. La tête est nue. Traces de peinture blanche.

Haut., 24 cent.

3. Femme debout, la tête nue, enveloppée par-dessus la tunique d'un manteau peint en blanc à large bordure bleue. Les deux mains sont cachées sous le manteau et la droite tient l'éventail en feuille de colocase. Elle tourne la tête à gauche. Cheveux peints en rouge pour être dorés.

Haut., 22 cent.

4. Femme debout, les deux bras cachés sous son manteau, la main droite portée au col avec le geste d'Eriphyle, la gauche relevée et tenant une sorte de fleur qui rappelle celle des aroïdées. Les cheveux peints en rouge pour recevoir une dorure.

Haut., 22 cent.

5. Femme debout, la tête nue et légèrement inclinée en se tournant vers la gauche. Elle est vêtue d'une tunique t a

laire et d'un manteau qui enveloppe le bas du corps en laissant les épaules dégagées ; il couvre le bras droit pendant; la main gauche le relève en tenant en même temps l'éventail en feuille de colocase.

Haut., 25 cent.

6. Femme debout, la tête nue, les cheveux relevés en nœud sur le front, étroitement enveloppée dans un ample manteau ; elle s'appuie de la main droite sur une colonnette ronde. Traces de peinture blanche. On pourrait voir ici *Aphrodite Epitymbia*, appuyée sur la stèle du tombeau.

Haut., 24 cent.

7. Femme debout, la tête nue, serrée dans un manteau qui lui couvre les deux bras.

Haut., 17 cent.

8. Femme debout, dans une attitude différente, la tête nue, les deux bras cachés sous le manteau. Traces de peinture blanche.

Haut., 19 cent.

9. Femme debout, la tête nue, enveloppée dans un manteau qui cache ses deux bras, mais laisse l'épaule droite dégagée; la main droite sur la hanche. Traces de peinture blanche et bleue.

Haut., 20 cent.

10. Femme debout, vêtue d'une tunique talaire, le manteau sur les épaules et couvrant les bras, mais laissant le devant du corps à découvert. La main droite est appuyée sur la hanche; la gauche, pendante, tient l'éventail en feuille de colocase. Cheveux peints en rouge pour être dorés.

Haut., 19 cent.

11. Femme debout, tête nue, étroitement serrée dans son manteau, qui cache les deux bras.

Haut., 18 cent.

12. Autre, la main portée au col avec le geste donné à la figure d'Eriphyle dans les peintures de Polygnote à la Lesché de Delphes.

Haut., 25 cent.

13. Femme debout, entièrement enveloppée d'un ample manteau qui descend jusqu'aux pieds et couvre la tête en faisant voile. La main gauche est appuyée sur la hanche; la droite, relevée, retient le manteau au-dessous du visage. Sur la tête, par-dessus le voile, un chapeau rond, formant pointe au centre.

Haut., 22 cent.

14. Petite fille assise sur une pierre cubique; elle est vêtue d'une tunique talaire sans manches et a son manteau enroulé autour du bras gauche pendant; la main droite tient un sac de peau (θύλαξ); sur le genou gauche est posée une patère ornée d'un buste en relief d'Athéné, vue de face et coiffée d'un casque à triple aigrette. Sur la tête de cette figure est posé un chapeau plat de forme ronde.

Haut., 13 cent.

THESPIES ET THISBÉ

15. *Coré* debout, de style hiératique, vêtue d'un péplos diploïdion formant à la fois tunique et ampéchonion, la tête couverte d'une coiffure qui rappelle la forme de la partie inférieure du *schent* égyptien et d'où un voile descend sur les épaules.

Haut., 32 cent.

16. *Coré*, les cheveux enveloppés du cécryphale, vêtue du même costume, assise dans une attitude hiératique sur un trône carré à dossier élevé; les deux mains posées sur les genoux. Traces de peinture blanche.

Haut., 23 cent.

17. *Coré-Elpis* debout, vêtue du péplos formant tunique et ampéchonion, la main gauche abaissée et tenant la draperie, la droite relevée vers le sein; pose hiératique.

Haut., 24 cent.

18. Danseuse entièrement enveloppée d'un grand voile qui couvre la tête, cachant le bas du visage, et descend jus-

qu'aux pieds. Cet ajustement, qui rappelle le *yaschmak* des femmes turques, est donné par Dicéarque comme habituel aux Béotiennes. On retrouve la même figure dans plusieurs peintures de Pompéi.

Haut., 20 cent.

ATHÈNES

19. Femme debout, la tête nue, des boucles pendant des deux côtés du visage, enveloppée d'un manteau qui cache les bras; figurine d'un grand style, mais dont le corps est un un peu trop court pour la tête. Traces de peinture blanche.

Haut., 28 cent.

20. Femme debout, la tête nue, enveloppée d'un manteau qui couvre les deux bras. Peinture blanche, d'aspect émaillé.

Haut., 23 cent.

21. Fragment d'un style particulièrement remarquable, d'une figure de femme enveloppée d'un voile qui couvre la tête et cache le bras gauche; le bras droit, dégagé et nu, avait sa main relevant le voile: la main gauche, pendante, tenait l'éventail en feuille de colocase.

Haut., 18 cent.

22. *Coré-Elpis* debout, vêtue d'une tunique talaire et d'un ampéchonion à larges manches, la tête couverte du polos, d'où un voile descend sur les épaules. La main droite, relevée vers les seins, tient une fleur; la gauche, un peu plus bas, une grenade. Figurine plate par derrière et de style archaïque.

Haut., 11 cent.

MÉGARE.

23. *Héra* ou *Déméter* debout, la tête ornée d'une stéphané de reine. Elle est vêtue d'une tunique talaire et a le haut du corps enveloppé d'un voile qui passe sur la tête et en-

veloppe les deux bras. Quelques traces de peinture blanche.

Haut., 31 cent.

24. *Aphrodite* debout, tenant la colombe sur sa main droite. Elle est vêtue d'une tunique talaire et d'un manteau enroulé autour du bras gauche, qui, passant derrière le corps, revient envelopper la jambe droite. Les oreilles sont ornées de pendants; la coiffure, très-particulière, compose d'une haute stéphané découpée, d'où une tresse ou une guirlande de fleurs vient pendre en feston jusque sur le front. Traces de peinture.

Haut., 33 cent.

25. *Dia-Hébé* (?) debout, accoudée sur une stèle de forme carrée. Elle est vêtue d'une tunique talaire et d'un grand voile qui enveloppe la partie inférieure de son corps et est disposé au-dessus de sa tête de manière à former une sorte de nimbe. Le bord de ce voile, tout autour de la tête, est garni de feuilles de lierre. Voyez dans Pausanias (II, 13) les détails sur le culte mystique et funèbre de Dia-Hébé ou Ganyméda, à Phlionte de Corinthie, ainsi que sur la fête des *Cissotomies* qu'on y célébrait en son honneur.

Haut., 40 cent.

CYRÉNAIQUE.

26. Femme debout, la tête nue, étroitement enveloppée jusqu'aux pieds dans un grand manteau qui couvre ses deux bras. Sa coiffure est celle que l'on observe habituellement dans les figurines de cette provenance et offre de l'analogie avec celle qui fut à la mode plus tard à Rome, sous les empereurs de la famille des Flaviens.

Haut., 29 cent.

ASIE MINEURE.

27. Petite fille vêtue d'une tunique talaire, les cheveux tressés au milieu du front et formant un nœud sur le sommet de

la tête; le bas du corps est enveloppé d'un péplos qui passe sur l'épaule gauche. Trouvée à Éphèse.

Haut., 8 cent.

GRANDE GRÈCE.

28. *Aphrodite* assise, vêtue d'une tunique et d'un péplos qui, descendant des épaules, enveloppe ses bras et le bas de son corps. La tête est surmontée d'une stéphané ornée, et de riches pendants garnissent les oreilles.

Haut., 24 cent.

39. Femme debout, enveloppée d'un ample manteau qui passe sur sa tête et descend presque jusqu'à ses pieds.

Haut., 14 cent.

30. Esclave comique chauve, la tête couverte d'un *cucullus*, portant sur ses épaules, suspendus aux deux extrémités d'un bâton, des vases de métal pour l'usage du bain ; un énorme phallus pend entre ses jambes. Au revers on lit le nom du potier Potamon :

ΠΟΤΑ

ΜΟΝΟC

tracé sur la pâte encore fraîche.

Haut., 11 cent.

---

31. Masque comique. Figure d'homme sans barbe, aux cheveux crépus. Athènes.

Haut., 10 cent.

32. Masque de Satyre barbu, d'ancien style. Athènes.

Haut., 10 cent.

33. Masque de Déméter voilée, d'ancien style. Athènes.

Haut., 9 cent.

34. Masque de grand style, d'une déesse au front muni d'une stéphané. Éphèse.

Haut., 11 cent.

35. Oscille; masque d'une bacchante couronnée de pampres, avec des boucles tombant des deux côtés du visage. Grande Grèce.

Haut., 11 cent.

---

36. Quatre têtes, trois de femmes (dont une avec traces de dorure) et une d'éphèbe. Ionie.

37. Tête de jeune femme, les cheveux noués au sommet. Ionie.

38. Deux têtes de bacchantes. Ionie.

39. Quatre têtes, trois de femmes et une d'Hercule jeune. Ionie.

40. Trente têtes diverses, provenant de Smyrne et d'Éphèse. Ce lot sera divisé.

LAMPES

41. Terre cuite rouge. Lampe ayant la forme d'un groupe en relief; lion couché, tenant entre ses pattes la tête d'un taureau. Ephèse.

42. Lampe romaine de grande dimension, revêtue d'un émail verdâtre. Gladiateur samnite armé de toutes pièces.

43. Lampe romaine revêtue d'un émail plombique verdâtre et décorée d'un personnage comique monté sur un cheval au galop.

44. Deux lampes romaines à simples ornements végétaux, revêtues d'un émail plombique verdâtre.

VASES PEINTS

45. Lécythus athénien à figures sur fond blanc. Ephèbe e jeune femme debout des deux côtés d'une stèle sépulcrale surmontée d'une palmette et faisant les offrandes funèbres. Le péplos de la femme est peint en rouge, le manteau de l'éphèbe en vert ; le reste de la décoration au trait bistré.

Haut., 25 cent.

46. Lécythus athénien décoré au trait sur fond blanc. Offrandes à la stèle sépulcrale par une femme et un homme ; ce dernier, qui est presque effacé, avait son manteau entièrement peint en rouge.

Haut., 30 cent.

47. Lécythus de la fabrique de Locres, décoré au trait noir sur fond blanc. Femme assise sur un siége à dossier, tenant une couronne de feuillage et ayant devant elle un calathos, d'où sortent des laines et des fuseaux.

Haut., 9 cent.

48. Amphore de Nola à figures rouges. *Hermès* vêtu de la chlamyde, tenant le caducée, avec le pétase rejeté derrière les épaules et les talonnières ailées, écoute les ordres de *Zeus* debout, enveloppé d'un ample manteau et tenant le sceptre. Revers : Éphèbe enveloppé d'un manteau.

Haut., 35 cent.

49. Aryballos d'Athènes à figures rouges. *Eros*, tenant une pyxis et une bandelette, vole vers une jeune fille qui fuit devant lui, en tenant un miroir, et retourne la tête. Derrière Eros, une autre jeune fille semble le rappeler.

Haut., 13 cent.

50. Petite œnochoé à embouchure tréflée; figures rouges; Athènes. *Iacchos* enfant, jouant avec un petit chariot qu'il pousse devant lui.

Haut., 9 cent.

51. Petite œnochoé à embouchure tréflée; figures rouges; Athènes. *Iacchos* enfant jouant.

Haut., 7 cent.

52. Deux œnochoés de la Basilicate, à figures rouges rehaussées de blanc. Sur l'une, *Nicé* dans un bige devant lequel vole l'*Eros* hermaphrodite; derrière une femme tenant un lécythos et une couronne. Sur l'autre, *Nicé* dans un quadrige. Toutes les deux sont de même forme et de même grandeur, avec les mêmes décors.

Haut., 50 cent.

53. Œnochoé de la Basilicate, à figures rouges rehaussées de blanc. L'*Eros* hermaphrodite, tenant d'une main l'échelle ou le métier à tisser, de l'autre une palme et une bandelette, vole vers une femme enveloppée d'un manteau et tenant un miroir.

Haut., 30 cent.

54. Guttus de la Basilicate, à peinture rouge représentant un chien molosse. Le petit goulot latéral est en forme de tête de lion.

55. Guttus à figures rouges représentant deux griffons.

56. Deux aryballos de même dimension et se faisant pendant, à décor quadrillé.

Haut., 22 cent.

57. Deux amphores de Nola à vernis noir, sans figures.

Haut., 24 cent.

58. Hydrie de Nola à vernis noir.

Haut., 18 cent.

59. Vase à double anse à vernis noir. Nola.

Haut., 18 cent.

60. Cratère de la forme dite « vase de Médicis », vernis noir terne, décoré d'une guirlande de pampres peinte en blanc. Fabrique de Gnathia en Apulie.

Haut., 20 cent.

61. Pyxis de terre rouge, décorée de filets noirs. Athènes.

Diam., 12 cent.

62. Œnochoé à embouchure tréflée, en forme de tête de femme, avec une couronne d'olivier peinte en blanc (*Athéné?*).

Haut., 19 cent.

63. Petit vase en forme de pied humain. Egine.

Haut., 7 cent.

---

64. Deux vases en terre rouge sigillée gallo-romaine. Provenant des bords du Rhin.

65. Deux moules en terre cuite pour la fabrication de vases semblables. Même provenance.

BRONZES

66. *Pâris* agenouillé, se préparant à tirer de l'arc. Il est coiffé d'une mitra phrygienne à la pointe étroite et relevée, vêtu d'un justaucorps court et collant; la main droite prend une flèche dans le carquois suspendu à son côté gauche. L'arc que tenait la main gauche, portée en avant, a disparu. Style grec archaïque et très soigné, analogue à celui des Eginètes.

Haut., 10 cent.

67. Personnage barbu, couché sur le lit du repas; il a la tête ceinte d'une couronne, le haut du corps nu et les jambes enveloppées d'un manteau. Travail étrusque.

Long., 9 cent.

68. Guerrier debout, coiffé d'un casque à l'aigrette énorme, vêtu d'une cuirasse qui s'arrête au-dessus des parties sexuelles, les jambes et les pieds entièrement nus. Son bras gauche est armé d'un bouclier rond, le droit se lève pour lancer un javelot qui a disparu. Les figures de ce genre, d'un travail très-particulier, se rencontrent exclusivement dans les environs de Sinigaglia (Sena Gallica). Elles pourraient être l'œuvre des Gaulois établis dans cette contrée et soumis à la double influence des Étrusques et des Grecs.

Haut., 25 cent.

69. *Éros* ailé, monté sur un mulet, l'animal essentiellement priapique. Peson de balance dite *romaine*. Travail de l'époque romaine. Smyrne.

Haut., 7 cent.

70. Buste de *Minerve* munie de l'égide et coiffée d'un casque dont la haute aigrette est soutenue par une figure de sphinx. Travail de l'époque romaine. Rhodes.

Haut., 10 cent.

71. Sphinx femelle accroupie ayant formé le pied d'un meuble. Travail grec de la belle époque. Smyrne.

Haut., 11 cent.

72. Griffon s'enlevant au-dessus du fleuron qui devait surmonter la hampe d'un sceptre.

Haut., 17 cent.

73. Tête d'un éphèbe aux cheveux crépus; travail grec. Cet objet formait une boîte, close en dessous par une pièce glissant dans une coulisse. Smyrne.

Haut., 5 cent.

74. Anse de vase décorée en bas d'une figure en haut-relief du plus admirable style grec : Sirène à pieds, à queue et à

ailes d'oiseau, arrangeant ses cheveux en se regardant dans un miroir circulaire qu'elle tient dans la main gauche. Athènes.

Haut., 27 cent.

75. Masque de femme aux cheveux épars, provenant du bas d'une anse de vase.

Haut., 8 cent.

76. Oreille de vase décorée, sur les deux côtés, de têtes de bélier et, sur le haut, d'une figure d'homme couché et endormi sur la peau d'un bœuf fraîchement tué. Cette représentation rappelle les rites pratiqués par ceux qui consultaient l'oracle d'Amphiaraüs à Oropos, et, en général, tous les oracles où l'on employait le mode de l'incubation. Travail grec. Italie méridionale.

Long., 9 cent.

77. Miroir circulaire de travail grec. Sur une de ses faces il offre les vestiges incontestables d'une décoration *a graffito*, représentant une tête de femme de profil, qui se détachait originairement sur le fond par un placage d'argent. Il est plus difficile de déterminer quel était l'objet, dessiné par le même procédé, qui était suspendu au-dessus de la tête et dont on distingue quelques traces. Corinthe.

On sait combien sont encore rares les spécimens de miroirs grecs décorés de graffiti, qui jusqu'ici n'ont été rencontrés que dans la nécropole de Corinthe et dont les premiers ont été signalés récemment par M. Albert Dumont.

Diam., 16 cent.

78. Sein de femme votif, de grandeur naturelle.

79. Doigtier d'arc.

80. Hache de combat. Italie méridionale. Grandes dimensions.

---

81. Copie modèle du Silène de Pompéi, patine imitée de l'original.

Haut., 60 cent.

ANTIQUITÉS DE CYPRE

82. Pierre calcaire. Deux têtes d'hommes imberbes, l'une avec une couronne de laurier, l'autre coiffée d'un bonnet plat d'étoffe.

83. Pierre calcaire. Tête de femme coiffée à l'égyptienne, les cheveux enveloppés d'une étoffe; le front garni d'un bandeau orné de rosaces, des pendants aux oreilles. Style empreint de l'influence égypto-phénicienne.

84. Pierre calcaire. Tête imberbe à cheveux courts, couronnée de laurier. Style indigène empreint d'influence grecque.

85. Pierre calcaire. Deux têtes analogues.

86. Pierre calcaire. Quatre têtes laurées.

87. Pierre calcaire. Deux têtes d'éphèbes, l'une nue, l'autre avec le bonnet plat d'étoffe.

88. Terre cuite. Tête coiffée à l'égyptienne avec des anneaux aux oreilles. Travail très-archaïque.

89. Vase en forme de gourde, à décors géométriques bruns et violets. Période primitive.

90. Vase en forme de gargoulette, à décors géométriques bruns et violets. Période primitive.

91. Terre cuite de style grec. Tête de l'*Aphrodite* de Paphos, couverte d'un voile par-dessus lequel est placée une haute cidaris crénelée et décorée de roses.

92. Terre cuite de style grec. Tête de l'*Aphrodite* de Paphos, avec une couronne de fleurs et un voile, puis par-dessus une haute cidaris décorée de roses et d'une guirlande de myrte.

93. Terre cuite de style grec. Tête de l'*Aphrodite* de Paphos voilée, avec la cidaris ornée de fleurs.

94. Diverses antiquités non cataloguées.

MÉDAILLES ARTISTIQUES

FRANCE

95. **Louis XII et Anne de Bretagne.** Médaillon frappé à Lyon, 1499. Très-belle épreuve en cuivre.

Diam., 114 mill.

96. **Henri II.** Buste lauré et cuirassé. ℞. RESTITVTA REP· SENENSI LIBERATIS OBSID· MEDIOMAT·, etc., 1552.

Diam., 55 mill.

97. **Henri II.** Même buste. ℞. Quadrige triomphal. OB RES IN ITAL · GERM · ET · GAL · FORTITER · AC · FOELIC · GESTAS, 1552. Cuivre doré.

Diam., 53 mill.

98. **Charles IX.** Buste lauré et cuirassé. ℞. La Renommée. SVA CIRCVIT ORBE FAMA, 1568. Argent.

Diam., 35 mill.

99. **Henri IV.** Buste cuirassé, 1602. ℞. Sur une base, deux colonnes entourées de branches d'olivier et de laurier,

et surmontées d'une couronne. FOEDERA MAGNI REGIS SACRA. Argent doré.

Diam., 45 mill.

100. **Henri IV et Marie de Médicis,** 1601. Argent doré.

Diam., 46 mill.

101. **Marie de Médicis.** Buste couronné à g. ℟. Olivier, palme et laurier dans une couronne. SECVLI FÆLICITAS, 1610. Argent.

Diam., 46 mill.

102. **Marie de Médicis.** Buste à dr. ℟. Vaisseau. SERVANDO DEA FACTA DEOS. Cuivre.

Diam., 63 mill.

103. **Louis XIII.** Buste cuirassé et lauré à g. ℟. Lisse. Cuivre.

Diam., 72 mill.

104. **Louis XIII.** Buste à g. ℟. Temple. SACRA BEARNIS RESTITVTA, 1620. Cuivre.

Diam., 37 mill.

105. **Louis XIII.** Buste lauré et cuirassé. ℟. L'église de Saint-Louis. POSCEBANT HANC FATA MANVM, 1624.

Diam., 33 mill.

106. **Sully.** Buste cuirassé à g. MAX · DE · BETHVNE · P · S · D · ENRICHEMONT · ET · DE · BOIS-BELLES · D · DE . SULLY. Médaillon en terre cuite, avec bordure.

Diam., 12 cent.

107. **Jeannin.** Buste en robe. PETRVS · IEANNIN · REG · CHRIST · A · SECR · CONS · ET · SAC · ÆRA · PRÆF. — G · DUPRÉ · F · 1618. Cuivre.

Diam., 185 mill.

108. **Brûlart de Sillery.** Buste en robe. ℟. Quadrige du Soleil. LABOR ACTVS IN ORBEM. Cuivre.

Diam., 7 cent.

109. **Anne de Rohan.** Buste à dr. VARIN. ℟. Aigle s'élevant vers le soleil. SPES DVRAT AVORVM, 1638. Cuivre.

Diam., 52 mill.

110. **Granvelle.** Buste du cardinal. ℞. Char de Neptune. DVRATE. Cuivre.

Diam., 57 mill.

111. **Etienne d'Aligre.** Buste à dr. 1676. ℞. Ecusson. CONSERVAT REGNI LEGES ET REGIA SIGNA. Cuivre doré.

Diam., 57 mill.

112. **Rouen.** Buste du cardinal Guillaume d'Estouteville (1403-1483). ℞. Ecusson. Cuivre. Rare.

Diam., 47 mill.

LORRAINE

113. **Antoine et Renée de Bourbon.** Cuivre.

Diam., 46 mill.

114. **Stanislas Ier.** Buste cuirassé à dr. STANISLAVS · I · D · G · REX · POL · MAG · DVX · LITHVAN · LOTH · ET · BARRI. Cuivre doré.

Diam., 18 cent.

ALLEMAGNE

115. **Frédéric III.** Buste à g. ℞. Création des 122 chevaliers de Saint-Georges. Au-dessus d'un arc de triomphe, le pape et l'empereur entourés de cardinaux et de chevaliers. Cuivre.

Diam., 55 mill.

116. **Maximilien Ier et Marie de Bourgogne.** Buste couronné de Maximilien, revêtu du manteau impérial et tenant un sceptre et une palme. MAXIM · I · FRID · III · FIL · ELECT · ROM · IMP · ANN · M · CCCC · LXXXVI · IVDICII · CAMER · IMPER · CONDITOR. ℞. Buste couronné de Marie. MARIA · CAR · BVRG · DVC · FILIA · VNIC · IMPERATOR · VXOR. Or.

Diam., 51 mill.

117. **Maximilien I**er. Buste couronné et cuirassé à g., avec épée et sceptre. ℟. Ecussons, 1505. Argent.

Diam., 45 mill.

118. **Louis et Marie de Hongrie**. Bustes affrontés. ℟. Mort du roi à la bataille de Mohacz, 1526. Argent.

Diam., 43 mill.

119. **Jean-Frédéric**, fils aîné de l'électeur de Saxe. Buste cuirassé. ℟. Écusson. SPES · MEA · IN · DEO · EST. Argent, en partie doré.

Diam., 45 mill.

ESPAGNE

120. **Charles-Quint**. Buste drapé. ℟. Hygiée tendant une patère au serpent. SALVS PVBLICA. Cuivre.

Diam., 51 mill.

121. **Charles-Quint et Philippe II**. Bustes laurés. Cuivre.

Diam., 29 mill.

122. **Philippe II**. Buste cuirassé. PHILIPPVS · REX · PRINC · HISP · ÆT · S · AN · XXVIII. ℟. Quadrige du Soleil. IAM · ILLVSTRABIT · OMNIA. Cuivre.

Diam., 69 mill.

ITALIE — Papes.

123. **Sixte IV**. ℟. Forteresse. IVL · CARD · NEPOS · IN · OSTIO · TIBERINO. Cuivre.

Diam., 40 mill.

124. **Pie III**. ℟. Vue de Rome. FELIX ROMA. Cuivre.

Diam., 41 mill.

125. **Jules II**. ℟. Vue de Centumcellae. Cuivre.

Diam., 38 mill.

126. **Paul III**. ℟. Ganymède et l'aigle de Jupiter. Cuivre. Très-belle épreuve.

Diam., 40 mill.

127. **Sixte-Quint**. ℟. Lion assis sur un bahut. SACRA · OCVLO · SPECTAT · IRRETORTO. Cuivre.

Diam., 40 mill.

128. **Sixte-Quint**. ℟. Obélisque de la place du Peuple. Cuivre.

Diam., 45 mill.

129. **Grégoire XIV**. Roma debout, entourée de trophées. ROMA · RESVRGENS. ℟. Écusson. Cuivre doré.

Diam., 31 mill.

130. **Clément VIII**. Porte d'un temple. IVSTI · INTRABVNT · IN · EAM. ℟. ALPHONSVS · EP(*iscop*) VS · OSTIEN(*sis*), etc. 1600. Cuivre.

Diam., 58 mill.

131. **Clément VIII**. Façade d'église. FEDER · BORR · S · R · E · P · CARD · ARCH · MED., etc. 1602. ℟. Mort de saint Paul. CONGRE · CLER · REG · S · PAVLI · DECOLL., etc. Cuivre.

Diam., 71 mill.

132. **Paul V**. ℟. Pont. CEPERANI · SVPER · LIRIM · RESTITVTO. Cuivre.

Diam., 49 mill.

133. **Clément XI**. Buste à g. ℟. Église de Saint-Fabien, 1700. Argent.

Diam., 40 mill.

MANTOUE

134. **François IV**. Buste cuirassé. FRAN · IIII · D · G · DVX · MANTV · MONT · FER · III · AN · I · ÆT · XXVI. Cuivre.

Diam., 16 cent.

135. **Isabelle**, épouse de Ferdinand de Gonzague. Buste à dr. ISABELLA CAPVA, etc. Cuivre.

Diam., 7 cent.

MILAN

136. **Faustine Sforce.** Buste voilé. FAVSTINA·SFORTIA· MARCH · CARAVAGII. Cuivre.

Diam., 71 mill.

FERRARE

137. **Eléonore.** Buste à g. ELEONORA · ESTENSIS · A · A · XV. Cuivre.

Diam., 38 mill.

RIMINI

138. **Sigismond Malatesta.** Buste lauré à g. ℟. Eglise. PRAECL · ARIMINI · TEMPLVM · AN · GRATIAE · V · F · MCCCCL. Cuivre.

Diam., 39 mill.

139. **Sigismond Malatesta.** Buste à g. ℟. Ecusson. MCCCCXLVI. Cuivre.

Diam., 41 mill.

TOSCANE

140. **Cosme de Médicis.** Buste drapé et coiffé de la tiare ducale. MAGNVS · COSMVS · MEDICES · P · P · P · ℟. Trois anneaux réunis. SEMPER. Cuivre.

Diam., 78 mill.

141. **François de Médicis.** Buste cuirassé. D· PRINCEPS · FRANCISCVS · MEDICES. Cuivre.

Diam., 96 mill.

PERSONNAGES ILLUSTRES

142. **Alvisius**. Buste cuirassé à g. IOANNES · ALVISIVS · GONFALONERIVS. ℞. Vaisseau. DOCE · ME · DOMINE. Cuivre doré.

Diam., 68 mill.

143. **Charles Borromée,** cardinal-archevêque de Milan. Buste à g. Cuivre.

Diam., 54 mill.

144. **Charles Borromée**. Buste à g. ℞. Trois anneaux entrelacés. COLLEGISSE · IVVAT. Cuivre.

Diam., 114 mill.

145. **Alexandre Farnèse**. Buste à dr. ℞. Façade d'une église. FECIT · ANNO · SAL · MDLXXV · ROMAE. Cuivre.

Diam., 47 mill.

146. **Guisanus (Franc.)**. Buste cuirassé à g. ℞. Figure allégorique. CVM · PONDERE · ET · MENSVRA. Cuivre.

Diam., 56 mill.

147. **Laurus (P.)**, professeur d'éloquence à Venise. Buste drapé à dr. P · LVCET ALMA VIRTVS RAMIS VIRENS SEMPER. ℞. CEDANTVR A MORTE, etc. Les initiales de la légende forment le nom de CAMILLVS. Cuivre.

Diam., 55 mill.

148. **Pic de la Mirandole et Virginius Caesarinus.** Bustes laurés. ℞. Deux phénix. ALTERA ROMAE. Cuivre.

Diam., 47 mill.

149. **Mussotti (Ulysse)**, docteur en droit, Buste à g. ℟. Livre ouvert, écritoire, plume, ciseaux, etc. Cuivre.

Diam., 67 mill.

150. **Mussus (Cornelius)**, évêque. Buste à dr. ℟. Deux cornes d'abondance. INGENIO ET LINGVA. Cuivre.

Diam., 58 mill.

151. **Pirovanus (Philippus)**, doyen de la Rote. Buste à dr. ℟. Vaisseau. SALVS NOSTRA A DOMINO. Cuivre.

Diam., 9 cent.

152. **Santacroce (Prosper)**, cardinal. Buste à dr. ℟. Vue d'un château avec son jardin, 1579. GEROCOMIO. Cuivre.

Diam., 55 mill.

153. **Stabius (Joannes)**, poëta laureatus. Buste lauré à g. ℟. Écusson. IMP · CAES · DIVI · MAXIMILIANI · P · F . AVG · AB · HISTORIIS, etc. Cuivre jaune.

Diam., 65 mill.

154. **Taverna (Étienne)**, secrétaire du duc de Milan. Buste à g. ℟. VIRTVTI OMNIA PARENT. Guerrier debout entre l'Amour et la Fortune qu'il retient par les cheveux. Cuivre.

Diam., 85 mill.

155. **Thomas (Rugerius)**. Buste à dr. ℟. Le même qu'au n° 149. Cuivre.

Diam., 73 mill.

156. **Turrianus (Ianellus)**, Gianello della Torre, horloger et architecte de Crémone. Buste à dr. ℟. VIRTVS NVNQ · DEFICIT. Fontaine. Cuivre.

Diam., 8 cent.

157. **Zerbi (Simon)** et **Sasso (Gio. Antonio)**. Ecussons. Cuivre.

Diam., 49 mill.

158. **Anonyme**. Buste de moine à g. ANN · ETA · 36 · ℟. Aigle · SIC · TANDEM. Cuivre.

Diam., 55 mill.

MÉDAILLES DIVERSES

ET PLAQUETTES

159. **Pompée.** Tête à g. ℟. Temple. CONSECRATIO. Cuivre.
Diam., 31 mill.

160. **Faustine mère.** Buste à dr. ℟. Faustine assise devant Antonin. Cuivre.
Diam., 11 cent.

161. **Hélène.** Buste à g. Plaquette en cuivre.
Haut., 70 mill.

162. **Jean Paléologue.** Buste à dr. ℟. Cavalier. OPVS · PISANI · PICTORIS, etc. Plomb.
Diam., 103 mill.

163. Trois plaquettes, représentant un homme et une femme à genoux. Epoque de Louis XIII. Cuivre.

164. Médailles diverses non cataloguées.

www.ingramcontent.com/pod-product-compliance
Ingram Content Group UK Ltd.
Pitfield, Milton Keynes, MK11 3LW, UK
UKHW020221180726
13838UKWH00005B/2120